KB075412

양 애 경 시집

바닥이 나를 받아주네

양 애 경 시 집

바닥이 나를 받아주네

차   례

제 1 부 몸

제 2 부 이모에게 가는 길

제 3 부 일하는 여자

제 4 부 별은 다정하다

제 1 부

몸

숲 속에서

장마철의 숲 속은
어둡고 축축해
바람이 낮게 낮게
풀대와 잎과 순들을 흔들고 있어
낙엽은 썩고 그 사이로 버섯들이 돋아나고 있어
땅과 나무와 가지들 위로 덩굴들이
신기한 모양의 잎새들을
급히 피워올리고 펴면서 기어가고 있어
풀대가 자루 모양의 작은 꽃봉오리를 내밀고
연보라색의 길쭉한 꽃들을 자꾸만 터뜨리고 있어
구름이 순간순간 흔들릴 때마다
햇살이 배어들어와 군데군데 고이고 있어
네 마음이 순간순간 들어와 내 마음의 빈 곳에
뜨겁게 빛나며 고여 있어
보일듯 말듯 올라가는 수증기 속에
덩굴은 잠시 동안에 저만큼 벋어나가 다른 덩굴을 휘감고
수풀은 잠시 동안에 무성해지고
벌레들은 알을 슬고 알은 꼼지락거리며 깨어나고
날파리는 축축한 숲 그늘 위에서 맹렬히 붕붕거려

—— 그리고 다시 비가 시작되어
　　굵은 빗줄기가 나무 사이로 하얗게 무너져내려
　　빗줄기와 빗줄기 사이로 하얗게 빛나는 너의 이빨
　　우리는 따뜻한 흙탕물 속에
　　버섯과 땅벌레와 함께 누워
　　덩굴이 우리를 하나로 휘감으며 뻗어나가

무수히 알을 슬고 새끼를 쳐서
검은 흙 속에서 구물거리게 하고 싶은
장마철 야트막한 산 계곡.

모기가 내 팔을 물었을 때

어느 틈에
팔 안쪽 한곳이 도도록하게 부어오르고
자세히 들여다보이는 작은 구멍이 나 있다
모기의 침의 굵기만큼의 구멍이다
아주 조금, 한모금만이었을까
아니면 욕심껏 꿀꺽꿀꺽 마셨을까?
침도 조그만 작은 모기가
나를 최면에 걸었던 것일까? 빨리는 동안
전혀 알지 못했다
독액을 주입하고 피를 마신 다음
모기는 날아가버렸다
푸른 핏줄이 비치는 살 위로
가려운 붉은 기운이 미칠 듯 달려가고
살을 긁으면
곧 실핏줄들이 터져 붉은 점투성이의 얼룩이 진다

작은 모기에게
내 몸은 고기의 산, 피의 강이겠지
그러므로 모기는 나를 사랑하겠지

깨물기 연한 살과 진하고 깨끗한 즙
먹고 싶을 때 팔을 내주는 온순한 애인

그래, 적어도 나는 모기에게는
완벽한 애인이 될 수 있겠군.

文 明 化

나는 그 신호를 알아들었다
그 남자는 옆모습으로 말하고 있다 너는 내 마음에 드는
군,
냄새도 좋고 깨끗해
(물론 그는 이쪽을 바라보고 있지는 않다)
그것보다도 먼저 내 몸이 알지 너는
내게 맞는 여자가 틀림없어
그는 옆모습으로, 웅변으로, 내게 말한다
너와 자고 싶어 너와 자고 싶어
너의 정신에 대해서는, 너의 직장에 대해서는,
너의 집안 사람들에 대해서는
아무래도 좋아 자석처럼
내 피가 네 피를 끌어당기지
(이쪽을 보고 있지 않은 채 그는 조금 웃는다 이쪽에서
는 볼이 당겨올라가는 것이 보일 뿐)
나는 그 말을 알아듣는다 그래
맞아 나도 너와 자고 싶어
출입구가 열리고
그 남자는 내린다 여전히 이쪽을 보지 않는 채

10

고개를 약간 숙이고 빠른 걸음으로
차창 밖으로 지나가는 등과 어깨의 표정
나는 픽 웃고 만다
산뜻하고 메마르게
우리는 문명화되어 있지
랩으로 포장된
백화점 식품부의 생선과 과일들처럼

그런데 대체 살아 있는 세포와 비닐 랩이 어울린다고 생
각해 ?

정   조

나는 정조를 지킨다 '아랑의 정조'라는
소설 제목도 있고
춘향이가 곤장 맞으며 지킨 것도 그것
(그런데 그게 무슨 뜻이지? 한 남자에게만
열어준다는 뜻?)
지상에 여자로 태어나서
제일 겁먹게 강조된 것이 그거였다
호락호락하게 주어선 안될 것
목숨보다 귀한 것이니까 목숨걸고 지킬 것
여학생들에게는 '순결교육'을 한다
(그것은 하얗니? 잃으면 까매지니? 어떤 걸 잃는 건데?)
꿈속에서 그것을 잃었구나 생각하고
이제 어떡하지? 아득하고 겁이 나서
놀라 깨어나기도 여러번이었다
순결은 소매치기에게 눈깜박할 새 채뜨려지는
지갑 같은 것일까?
(너 지갑 가지고 있니? 눈초리가 수상한 남자가 따라붙
는 것 같애)
어머니들은, "여자란 익은 과일과 같아서

언제 어떻게 될지 모른대요"라고 말한다
(역시 순결은 식욕과 관계 있는 것 같애)
옛날 도둑놈은 담 밑에 똥을 누고 달아났는데
요즘 도둑놈은
다녀간 후 여자들이 열심히 손을 내저어야 한다
아니야 아니야 그러지는 않았어
아홉살 때 구멍가게 주인에게 당한 아이가
결혼에 몇번 실패하고
정신병원에 들락거리다가
이십년 후 구멍가게 주인을 찔러 죽인다
신입생 때 하교길에 당한 여대생이
결혼 적령기에 아파트 옥상에서 몸을 던진다
이 터무니없는 심각함과
밤에 꽃피는
터무니 없는 문란함
오늘도 여자들은 굳세게 정조를 지킨다.

검은 외투 속의 몸

십이월. 두터운 옷 속에 든 내 몸.
나는 만져보지 않고도 느낀다. 목과 어깨, 허리에서
다리로 뻗어나가는 선,
서 있는 동안
그 선은 길게 땅 쪽으로 뻗는다.
목 위로 올라간 칼라와 발목까지 덮는 길이의
담요처럼 헐렁한 검은 외투 속에서
섬유와 공기 사이에서
피부는 열을 발산시키고
그 열은 옷깃 사이에 고이거나
팔의 움직임에 따라
소매 사이로 흘러나가기도 한다.

나는 앉는다. 허리 근처의 옷이 겹치고
살갗에 좀더 가까이 닿는다.
배 부분에서 살끼리 겹치고
허리는 둥근 선을 그리며 엉덩이 위에 얹힌다.
가슴이 좁혀져서
나는 듣지 못했던 내 숨소리를 듣게 되고

두근거리는 피의 운동을 느낀다.

나는 손을 무릎 위에 놓으며 겹친다.
차가운 손끝이
따뜻한 손등에 닿으며
긴 손가락들이
손등의 열을 빼앗는다.
나는 손가락을 깍지낀다.
손가락 사이의 살은 손끝보다는 따뜻하여
모섬유의 코트 천 위에서
조금씩 열을 회복한다.

나는 걷는다. 내 발뒤꿈치는
언 길의 미끄러움에 흔들리고
발끝은 넉넉한 가죽부츠 속에서
고양이처럼 웅크린다. 넘어지지 않기 위하여
메리야스직의 면양말의 거칠은 짜임이
발가락 안쪽 연한 살에 잡힌다.

맞은편에서 오는 사람들을 피하며 급히 횡단보도를 건너
는 동안
다리는 성큼성큼 엇갈리다가
허벅지와 무릎 안쪽 사이에서 부딪친다. 그 감촉에
나는 깜짝 놀란다.
물론 아무도 눈치채지는 못하지만
금지된 것 같은 느낌.

어느 쪽이 진짜 나일까 가끔 생각해보지만
내 몸과 머리
대부분 나를 가득 채우는 건 머리이다.
해야 할 일과 처한 일마다 적절히 반응하는 일
목소리와 인사하기 위해 굽히는 고개
즉 판단과, 그 명령에 따른 몸의 움직임
여기서 몸은 존중받지 않는다 경련을 일으키거나
무감각해지거나 움직여지지 않는 경우를 빼곤
대체로 그렇게 복종할 뿐.

하지만 겨울 대기 속에서 걸으며 나는 내 몸을 느낀다.

‘나’는 내 ‘몸’일까?

네가 내 전부니? 혹은 그럴지도

생각을 담고 있는 그릇, 정신으로 극복해야만 하는 한갓
‘영혼의 옷’으로서가 아니라

스스로 가득 찬 아리따운 생명, 너

나의 몸이여.

사   랑

내 피를 다 마셔요
내 살을 다 먹어요

그럼 나는 껍데기만 남겠죠
손톱으로 눌러 터뜨린
이처럼

당신한테라면 그래도 좋을 것 같은 건
왤까

그 리 움

오늘
아무리 둘러보아도 그대 없는
인파 속에서 두리번거리며
나 입 속에서 그 말 외네

그리움이란
그대와 함께 있는 행복을 실컷 맛본 후에
그대 볼 수 없는 괴로움

거 짓 말

저녁 밥 숟갈을 놓고
상 건너를 바라보았다
그가 숟갈을 놓고
이쪽을 건너다보았다
그의 눈동자 속이 복잡하게 얽히고
내 눈동자 속이 복잡하게 얽혔다

그가 말했다 "배가 부르니
아무 생각이 없군요"
내가 말했다 "정말 그래요 배가 부르면
머릿속이 하얗게 비는 것 같죠"

그러나 우리는 서로
그게 거짓말이라는 것을 잘 알고 있다

나는 심상한 척 고개를 숙이고
웃옷을 걸쳤고
그도 웃옷을 걸쳤고
그가 먼저 내려가 신을 신었고

나도 신을 신었고
고개를 숙여 구두끈을 단정하게 매었고
우리는 음식점을 나왔다

밤거리에서
우리는 헤어졌다
충동적으로 그는 한번 돌아다보았다
새삼스레 슬플 것도 없고
기쁠 일도 없지만

아직 눈동자는 진실을 말하고 있는데
우리의 입술은 거짓을 말하기 시작했다
그건 무슨 뜻이 있는 것일까?

그날 밤 집 앞 골목길

나 집 앞 골목에 차 세웠네
밤 열한시 십오분
집들은 한두개의 등만 켰던지 캄캄하게 불 꺼져 있고
상점들 모두 닫히고
가로등 불빛이 쏟아져
동그마니 노란 원형을 만들어놓고 있었네
불빛의 동그라미 곁 비스듬히
아무도 들어 있지 않은 공중전화 부스 하나

나 차 세우고 시동도 끄고 유리창도 올리고
그러고 나서도 내리지 않았네
지금, 바로 지금
치밀어올라 막힌 가슴이
목이 메어 잘 들리지 않는 소리로 중얼거렸네
그에게 전화하는 거야
아니, 그럴 필요조차도 없어
차를 돌려 그에게로 돌아가는 거야
바로 지금이야

그는 아무 말 없이 문을 열 것이고
나는 아무 말 없이 들어갈 것이고
채 문이 닫히기도 전에 우리는 서로의 팔 안에 들어 있
겠지
가면은 떨어져 우리 발 밑에 뒹굴고

바로 지금,
하고 가슴이 속삭였어
심장이 찢어질 것같이 속삭였어
지금이 지나면 안된다고,
오늘이 지나면
아무것도 남지 않을 거라고

나 차 안에 앉아 있었어,
자정이 넘을 때까지
그리고 차를 내려서
외롭게 쏟아지는 노란 불빛의 웅덩이를 지나서
천천히 불꺼진 집 쪽으로 걸어갔어
무엇이 지나가버렸는지 나 알았지,

충분히 알았었다고는 말할 수 없지만.

그때, 그날 밤의 우리집 앞 골목길.

여 자

그렇군 나는 여자였군
생리 심한 날 하얀 변기 한쪽에
무겁게 가라앉는 피를 보며
그래 나는 여자였지
소용돌이치는 물이 검붉은 거품을 일으키며
그것들을 쫓아내는 것을 보며
여전히 뚝뚝 피 흘리는
나는 좀 억울해진다.

열   꽃

야산에 어린 소나무 드문드문
파랗고
낙엽 진 나무들 아직 잎은 채 피지 않아
옷 입지 않은 가지들 펴고 있는 사이 공간에
진달래꽃
피어나고 있는 것들이 너무도 잘 보이누나
그런데 왜 그럴까
진달래꽃 아름답다고 말하기엔
너무 아파 보여
불긋불긋 열꽃 피어난 것처럼 온몸에
괴롭게 괴롭게 열에 시달려
그렇게 붉고 더 붉어져가고 있는 것 같아
그대 나 사랑하고 나 그대 사랑하고 있는 것이
저 괴로움이라면
차라리 피지 않는 게 좋으련만
진달래는 사월이면 어쨌든 피어나는 거겠지
우리도 자꾸 감추고 눈 돌리지만 그 괴로움
숨기지도 못하고 눈에 밟히는 거겠지
화창한 햇빛 밑에 여러 날 비 올 생각 없는 건조함

먼지구름 밑에서
그대도 나도 입술 부르터
유행성독감이라고 하면서 앓고 있지만
진달래꽃 왜 아무 말 못하고
날마다 더 발갛게 물들며 앓는지
이제 나 아네.

남원 가는 길

임실을 지나 남원 가는 길
차창 밖으로 고개를 내밀어 보면
조그만 동네에도 있을 건 다 있지
여기 살 수 있을 것 같지
북부농협에서 예금을 찾고
농협상점에서 식료품을 사고
오수우체국에서 편지를 부치며
당장 오늘부터라도 살 수 있을 것 같지
나는 넝쿨장미인지도 몰라
철사로 엮은 길가 담장에서
이제 막 무더기무더기 피어나기 시작하는, 붉은
꽃
한 송이 송이로는 보이지 않고
초록으로 무성한 이파리들 사이에
중간 크기 붓으로 몇 군데 문질러놓은 것 같은
사실 꽃 피어도 그다지 보는 사람은 없는
넝쿨장미로 살 수 있을지도 몰라
그러니 여기서 내려서
논두렁 옆 둑길 하나로 걸어들어가서 방 한칸 얻고

편지를 쓰고 우체국에서 편지를 부치고
농협에 구좌를 트고
그리고 농협상점에서 쌀 한 봉지하고 비름나물 한 묶음
사고
그렇게 살아도 되는 것 같아
어디 있는지 모르는 당신
더 찾지 못하게 꽁꽁 숨어서 살고 싶은 마음
허탕을 친 당신 한번 더 차를 타고
나 사는 곳으로
찾아오게 하고 싶은 마음
지금 나 그런 마음 아닐까 몰라
임실에서 남원 가는 길.

폭　발

몸 속에서 분노가 폭발했다 그날 아침
특별한 날은 아니었다 단지 여러 날 긴장한 뒤
금방 손에 쥐고 있던 종이가 눈앞에서 사라지고
머릿속에서 숫자와 말들이 얽히는 순간
폭발했다 몸 속에 웅크리고 있던 것 그것도 나였을까
　나는 절박하게 울부짖는 내 목소리를 남의 목소리인 양
무심히 즐기며 들었고
　몸이 바닥에 뒹구는 걸 태연히 느꼈고
　유리가 손바닥 밑에서 계란 껍질처럼 부스러져나갈 때
　간단하군, 이라고 만족스럽게 생각했다

　어머니의 울음 섞인 목소리가 귀에 들려올 때까지
　나는 손바닥 여러 곳이 압력에 못 이겨 터져나간 것도
몰랐다
　나는 멍하니 가라앉아 내려다보았다 그건 내 손이었을까
유리를 내리친
　하얗게 터진 살에서 피가 망울망울 솟구쳐오르고 방바닥
에 떨어지고 있었다 내 손인가
　아픔을 느끼지도 않는데

내 속에서 튀어나와 으르렁거린 것은 무엇인가 얼마나
오랫동안 그 속에 숨어 있었던가
나는 그것을 무엇을 먹여 키웠는가
고통이 잦아지면 너는 나를 먹어치울 수 있겠는가

손가락을 두어 바늘 꿰매고
다음날 밴드를 갈아붙였다
몸에 난 상처는 하루가 다르게 낫는데, 엄마
무심히 말하다 어머니의 눈길에 가슴이 막혔다

자식을 위해선 무엇이든 할 각오가 되어 있는
늙으신 어머니를 두는 슬픔

커피숍 유리창 밖

커피숍 유리창으로 대낮 거리를 바라본다
주차금지구역 표지 아래로 세웠다 떠나는 차들과
골목에서 나오는 차, 들어가는 차, 비틀어대는 바퀴들.

붉은 꽃무늬에 레이스를 단 임신복을 입은 여자가
출산 전 마지막 외출인지
한 걸음에 두번쯤 기우뚱거리며 지나간다.

엉덩이 쪽 치맛자락이 몸에 감겨 항아리 같은 곡선을 드
러냈고
많이 잡은 스커트 주름을 다 펴면서 불쑥 솟아오른 배
위로
가슴 선이 잘라지기라도 할 듯 조여져 있다
임신복을 디자인한 사람의 계산보다 훨씬 더
그녀의 배는 위쪽까지 부풀어오른 모양.

여섯살쯤의 남자아이의 손을 잡고 앞서 가던 안경 쓴 남
자가
그녀의 걸음이 자꾸 늦어지자 돌아보고는

누가 자기 가족을 보고 있지나 않은지
행인이 별로 없는 거리를 슬쩍 쏠어본다

그래요, 내가 저렇게 만들었죠
자랑스럽기도 하고 민망하기도 한 표정.

장미의 날

장미의 기분을 알 것 같다
촉촉하고 부드러운 가지 위에
솜털 같은 가시들을 세우고
기껏 장갑 위 손목을 긁거나
양말에 보푸라기를 일으키거나 하면서
난 내 자신쯤은 충분히 보호할 수 있어요
라고 도도하게 말하는
장미의 기분
오늘 나는 하루 종일 가시를 세우고 있었다
그리고 밤에는
가위에 잘려 무더기로 쓰러지는 장미꽃들과 함께
축축한 바닥에 넘어졌다

딸   기

나는 딸기를 먹는다
빨갛게 부푼 딸기는 관능적이다
눈에 띨 듯 말 듯한 솜털과
연두와 검은 빛 사이의 작은 씨들
그리고 덥석 베어물면 갈라지는
향기가 강하고 달콤한 살과 그 안의
더 부드럽고 흰 살

그럴 수밖에 없으리라
과일이란 그 꽃의
암술과 수술의 사랑의 결실이니

단순하고 확실해서
명쾌하게까지 느껴지는 식물의
자웅동체의 사랑
한 계절의 햇빛과 바람과 흙의 힘을 빌린

딸기의 살이 혀에서
감미롭게 녹는다.

봄 아침

새벽 잠자리에서
반쯤 깨어
양쪽 어깨에 번갈아 얼굴을 묻으며
누군가
안아주었으면 좋겠다고
생각하고 있을 때
호 호 호 호이오
휘파람새가
노란색 장미 꽃잎을
수없이 감았다가 펼쳐 보여주었다.

제 2 부

이모에게 가는 길

이모에게 가는 길

미금농협 앞에서 버스를 내려
작은 육교를 건너면
직업병으로 시달리다가 공원도 공장주도 던져버린 흉물
공장
창마다 검게 구멍이 뚫린 원진레이온 건물이 나올 것이다
그 앞에서 마을버스를 타고
젊은 버스 기사와 야한 차림의 십대 아가씨의
푹 익은 대화를 들으며
종점까지 시골길 골목을 가야 한다
거기서 내려 세 집을 건너가면
옛날엔 대갓집이었다는 낡은 한옥이 나오고
문간에서 팔순이 된 이모가 반겨줄 것이다
전에는 청량리역까지 마중을 나왔고
몇 달 전에는 종점까지 마중을 나왔지만
이제 이모는 다리가 아파 문간까지밖에 못 나오실 것이다
아이고 내 새끼 하고 이모는 말하고 싶겠지만
이제 푹 삭은 나이가 된 조카가 싫어할까봐
아이고 교수님 바쁜데 웬일일까라고 하실 것이다
사실 언제나 바쁠 것 하나 없는데다가 방학인데도

이모는 바쁘다는 자손들에게 미리 기가 죽어 있기 때문에 그렇게 말하실 것이다

  이모는 오후 세시이지만 텅 빈 집에서 혼자 밥을 먹기 싫었기 때문에
  아직 식사를 하지 않았다고 하면서 무언가 먹이려 하실 것이다
  하지만 눈어둡고 귀어둡고 가게도 먼 지금동 마을에서
  이모가 차린 밥상은 구미에 맞지 않을 것이다
  씻은 그릇에 밥알도 간혹 묻어 있을 것이다
  그래서 나는 사 가지고 온 과자나 과일이나 약 따위를 늘어놓으며
  먹은 지 얼마 안되어 먹고 싶지 않다고 할 것이다
  이모는 아직 하얗고 아담한 다리를 펴 보이며
  다리가 이렇게 감각이 없어져서 걱정이라고 하실 것이다
  그래서 텃밭에 갔다가 넘어져서 몇 달 고생도 했다고 하실 것이다
  트럼펫처럼 잘 울리는 웃음소리를 가진
  아이 둘을 한꺼번에 끌어안고 젖을 먹일 만큼 좋은 젖가

습을 가졌던 이모
    아이들 원하는 것은 무엇이든 하게 하던 이모
    이모의 젖을 먹지 않고 큰 아이는 이 집안에 없었다
    이제 이모는 귀가 잘 안 들리기 때문에
    젊은 아이들에게 지청구를 먹을까봐 이야기를 걸어도 머
뭇거리신다
    그냥 아이구 그래 대견도 하지라고 하실 뿐이다

    지어 온 한약을 내놓고 한 시간이 지나면
    나는 여섯시 이십분 기차니까 지금 가야 해요라고 할 것
이다
    그러면 이모는 아이구 그래 차 시간 넉넉히 가야지라고
하실 것이다
    텃밭에 심었던 정구지 한 묶음하고
    내가 사 간 복숭아를 몇 알 도로 싸주실 것이다
    그러고도 뭘 또 줄 게 없을까 해서
    명절날 들어온 미원이니 참치 통조림이니 비누 따위를
주섬주섬 찾으실 것이다
    꼬꼬엄마 그럼 잘 있어요라고 하면서

나는 나도 모르게 이모의 뺨에 내 뺨을 부빌 것이다

그러면 이모는 감동해서 역시 내 새끼였지라고 좋아하실
것이다

마당에 이만큼 나선 나에게

마을버스 시간에 맞추어야지 서둘러라라고 하면서도

어디 한번 더 안아보자 하실 것이다

나는 어렸을 때처럼 두 팔로 푸짐한 이모의 가슴을 껴안고

이모의 뺨에 내 뺨을 꼬옥 대볼 것이다

이모는 속으로 이 새끼를 이제 못 볼지도 모른다라고 생
각했을지도 모른다

나는 속없이 마을버스를 놓칠까봐 뛰어나오고

세 집을 건너 뛰어가면

마을버스가 모퉁이를 돌아설 것이다

버스를 타고 가며 나는 자꾸만 눈언저리를 닦을 것이다

노인네 혼자 빈 집에 남겨져

젊은 애들한테 방해나 되게 너무 오래 사는 것 아닌가
하면서

잘 펴지지 않는 다리를 조심스레 움직여보면서

혼자 오래 걸려 방으로 돌아가실 것을 생각하면서
우는 나를 마을버스 기사가 의아하게 거울 속으로 바라
볼 것이다
사실 여기까지 오면서 번잡한 길에서 느꼈던 짜증이 부
끄럽고
사람이 늙는다는 게 슬프고 무서워서
다시는 살아 있는 이모를 만나지 못할까 무서워서
나는 더 운다 원진레이온 앞에 올 때까지 십분이 못되는
시간을

그리고 눈물에 깨끗이 씻겨서
이모가 길러주었던
일곱살짜리 갈래머리 계집애가 되어
청량리역 가는 버스를 탈 것이다
세상에 꿈도 많고 고집도 세었던
제일 귀염 받던 곱슬머리 계집애가 되어서.

보라카이式

보라카이에서의 마지막 날 아침
모두들 떠나지 않을 핑곗거리를 찾고 있었다
150페소*에 오토바이를 한 시간 세 내어
섬 일주를 하다가 고선생은 말했다
만일 내가 여권을 잊어버리고…… (여권을 잊어버리면
이 섬에서 떠날 수 없게 되죠)
양선생도 여권을 잊어버린다면
나하고 여기서 살래요?

나는 깔깔깔 웃으며 말했다
그러죠 뭐
그런데 여기서 뭘 하고 살죠?

난 오토바이로 관광객을 실어 나르고 돈을 받죠
(보라카이에서는 오토바이를 개조한 작은 수레로 한번에
5페소씩 받고 사람을 태우니까)
좋아요 그럼 난 호텔에서 파출부를 하겠어요
고선생은 심각하게 한참 생각한 후에 말했다
그럴 순 없죠 그럼 양선생은 내 여잔데 그런 고생을 시

킬 수 있나요

국제전화를 걸어서,
아내에겐 여권을 잃어버려서 못 돌아간다고 하구요 양선
생님은……
그래요 저는 이번 학기 강의를 못한다고 하죠
아예 사직서를 낸다고 해요
그래야겠군요 퇴직금을 보내 달라고 해서
그걸로 오토바이를 한 대 사요

'랄라'나 '나나'나 '랑'으로 끝나는 말을 하는 사람들과
해변가 토막집에서 성게를 까는 아낙네와
눈물과 콧물 범벅이 되어 그 곁에 서 있던 까만 계집애
새하얀 산호 모래와
검은 직선의 야자수대에 가로선의 야자잎이 바람에 휘어
질 때
그 사이로 빛나던 달
(1월의 보라카이 밤하늘에는
오리온좌 안에 물고기좌의 갸름한 띠가 빛나고 있다)

물론 여권은 잊어버리지 않았고
일행은 열두시 반 배로 육지로 떠났다
마닐라로 가는 국내선 비행기에서
하늘로 뜨려고 조그만 비행기가 전속력으로 질주하는 중에
그렇게 살 수도 있는데 나는 왜
같은 길로만 가야 한다고 생각해왔을까라고
충동적으로 생각했고

마닐라 비행장을 나올 땐
그 모든 일이 우스꽝스럽게만 생각되었다
보라카이에서는 보라카이식으로 생각하고
육지에선 육지식으로 생각하게 되는 것이다

보라카이식으로 생각하는 게
훨씬 행복하다 해도 그렇다.

* 우리나라 돈으로 4,800원 정도.

홍시가 있는 저녁 식탁

엄마에게는 음식을 씹을 이가 하나밖엔 남지 않았는데
그것도 반쯤은 상해서
인중에서 윗입술까지
수북이 부어올랐었다
잘 됐군요 이제 틀니를 합시다
라는 내 말에 반쪽 이빨뿐이라도 제 이가 좋다고
아직도 한참은 쓸 수 있다고 하셨다

항생제를 사흘 치 먹고
이제 간신히 입이 원래 모양으로 돌아왔다

저녁 식탁에서
한개 남은 홍시를 반 잘라 드렸더니
나는 안 먹어 너나 먹어라라고 말씀하셨다
드세요, 맛있어요, 별로 이빨도 필요 없는데
라고 무심히 말했더니
뭐어? 별로 이빨도 필요가 없다고? 사람을 뭘로 보
니? 와아 이거 정말 우습구나아라고 야단이셨다

아니 그럼 이가 있수? 없잖우?라고 나.
그래도 얘, 자격지심이라는 말이 있는데.

엄마와 딸이 깔깔깔 웃는다
쓸 이가 반쪽밖에 남지 않은 여자와
그녀에게 반쪽의 홍시를 나눠준 조금 젊은 여자가
이 빠진 입과 충치가 있는 입을 마음껏 벌리고 웃는다

빨아서 먹고 그 씨는 뱉으세요,
라고 웃음 끝에 젊은 여자는 결론을 낸다.

비명 소리

지하도 입구에 사람들이 모여
근심스런 표정으로 밑을 내려다보며
저럴 수가 원 저럴 수가라고 웅얼거리고 있었네
지하도로 들어가는 계단 중간쯤에서
쥐어짜내는 듯한 비명 소리가 들려왔네
아아 아아 아악
뺨이 터질 듯이 통통하고 코가 납작한 아낙네 하나가
고집스럽게 이마를 모으고 독기를 뿜으며
아이 하나를 계단 위로 지익직 끌고 내려가고 있었네
아이의 무릎이 터덕 터덕 터덕 계단에 부딪치는 소리를
들었다고 생각했네
아아 아아 아악이라고 여자아이는 절박하게 부르짖고
안 와, 이년아?라고 여자는 으르렁거리고
애 죽이네 애 죽여라고 사람들이 신음하고
세상에 저게 에미야?라고 누군가 통탄하자
에미가 아니지 애 엄마가 저럴 수가 있나
그러네 그러네 모두 고개를 주억거렸네
열살이나 열한살 난 여자아이
기껏해야 열두살일

당겨져 올라간 그 여자아이 빨간 나일론 잠바 밑으로
허옇게 허리쯤이 드러나 있었네
본능이 도망치라고, 이 광경을 두고 피해 가라고 속삭였네
보면 언짢아질 뿐이라고 이익이 될 게 없다고
언젠가 아파트 꼭대기층에서 뛰어내려 죽은 노파의
거적 덮은 시체를 피해 길을 돌아가게 한 본능이 속삭였네
질질질 아이는 몇 계단 더 끌려내려가고
마음 한구석에서 속삭이는 다른 소리도 들렸네 피해가면
안된다고 무언가 잘못되고 있다고 여기 개입해야만 할 것
이라고
묘한 웃음을 띤 사내 하나 몇 걸음 뒤에서 그 광경 쳐다
보며 내려가고 있었는데
왜 그런지 그들과 동행이라는 느낌이 들었네
길게 길러 목 근처에서 동그랗게 끊은 머리칼
꽃과 덩굴이 얽혀 있는 얼룩덜룩한 잠바
들여다보는 내 얼굴을 핼끔 돌아보는
누렇게 뜨고 주름진 교활한 작은 얼굴은
삼십대 사내의 뒷모습에 어울리지 않게
그 두배의 나이는 먹어 보였네

조심해 위험한 사내야 저 살빛에서는 마약과 폭력의 냄
새가 나라고 본능이 속삭였네
그러는 사이 일행은 지하도의 어둠속으로 사라지고
어둠에 눈이 익숙해졌을 때는
거짓말처럼 지하도는 평화를 되찾았고 사람들은 흩어져
버렸네
하지만 지하도에는 아이가 발산한 공포가 가득 차 있었
고 나는 그걸 느낄 수 있었네
아이는 어디에 있을까
으 흐 으라고 흐느낌 소리가 차갑게 가라앉고
지하도의 벽에 식은땀처럼 방울져 흐르고 있는 것 같았네
아이는 어디로 끌려갔을까
으 흐 으라고 느끼는 소리가 인조대리석으로 된 바닥을
걷는 내 발자국 소리에 섞여 들려왔네
대전역전 오른쪽 수상한 골목들로 향한 지하도 입구에서
사라진 아이
열살에서 열한살의
얼굴도 보지 못한 그 아이의 깨진 무릎과 패인 다리와
비명으로 쉬어버린 목소리

여자가 억세게 틀어쥔 빨간 나일론 잠바 밑으로 드러났던 참혹한 살결이

눈앞에서 지워지지 않았네

내가 뭘 할 수 있었던 것일까

그 아이를 기다리고 있는 운명은 무엇일까

설마 그 아이도 악명 높은 골목들 사이에서 유린당할 나이가 되었다는 것일까

지하도 입구에 엎드린 여자 거지의 등에 업혀 한겨울 돌바닥에 얼굴을 묻고 있는

더 어린 아이들과 같은 운명일까

어떻게 그들은 하루종일 미동도 않고 잠들어 있을 수 있었던 것일까

아무도 설명해주지 않는 잔인한 세상이 있어

사실은 아무도 안전하지 않을지 몰라

나는 무사히 살아남아 서른이 넘은 여자로

신분증과 지갑과 가족과 서류들에 연결되어 있으니 다행이 아니냐고 스스로를 달래면서

급히 버스정류장 쪽 통로로 도망쳐 올라갔네

비겁하게, 안전하게.

한국전쟁 때 경기도 포천 이서방

한국전쟁 때
한 아이는 업고 한 아이는 걸리고
피난 나온 여자가 있었더래요
남편은 어디서인가 헤어졌는데 생사조차 알 수 없고
두 아이를 먹이는 일만이 그녀에겐 큰일이었죠
아이 둘을 가진 여자에게 줄 일자리는 없었을 테니까요
외갓집에 이서방이라는 머슴이 있었는데

칭찬 한마디면 힘이 버쩍버쩍 나서
일부러 더 무거운 장작짐을 지고 나서는 그런 사람이었
더래요
그래서 칭찬해주면 일 잘하는 사람에게,
'너 이서방이니?'라고 동네 사람들은 말하곤 했더래요
장가를 한번 들여주었지만 그 색시가 밤에 도망가버린
이래로
이서방은 홀아비로 지내고 있었더래요

외할아버지는 이서방과 그 여자를 살게 해주었대요
이서방은 품일을 해서 그녀와 그녀가 데려온 두 아이를

극진히 보살폈고
　여러 해가 지나는 동안
　그녀는 이서방의 아이를 둘 낳았더래요

　어느날 그녀의 죽은 줄 알았던 남편이 찾아왔고
　그녀의 남편과 그녀와 이서방과 네 명의 아이들은
　하룻밤을 한집에서 지냈죠
　다음날 아침 그녀는
　이제는 다 자란 남편의 두 아이를 데리고
　젖먹이인 이서방의 아이를 업고
　남편을 따라 돌아갔대요
　이서방의 곁에 이서방의 큰 아들을 남겨두고

　이후 이서방은 그 아이와 함께 살았고
　그 아이는 효자라서 이서방은 그래도 행복했고
　지금은 고향 포천에 이서방은 묻히고
　이서방의 아들은 아버지처럼 농삿일을 하면서
　여전히 거기서 살고 있다는군요

철원 어딘가에서 자랐을 자기 동생은
한번도 찾지 않았다더군요

계백의 아내

　　서기 660년, 백제의 장수 계백은 황산벌 전투를 앞두고
"한 나라의 인력으로 唐·羅의 大兵을 당하니, 나라의 존망
을 알 수 없다. 내 처자가 잡혀 노비가 될지도 모르니, 살
아서 욕을 보는 것보다 죽는 게 낫다." 하고 처자를 다 죽
이고 황산들에 나와 세 곳에 진병을 베풀었다. 네 차례의
격전 끝에 힘이 다하여 죽었다.
　　　　　　　　　　　　　　　——김부식의 『삼국사기』에서

당신과
당신의 아내인 저와
당신의 아이들
우리들이 얼굴을 마주보는 것도 오늘뿐
내일이란 없겠지요
적군이란 피의 값으로
여자와 살육과 재물을
원하는 것이라죠 그래서 당신은
당신 숨 끊기시고 난 이후의
우리의 운명을 걱정하신 건가요?
제 옷깃 안에
오도도 떨고 있는 아이들을 보세요
어쩌다 사람 손아귀에 든 작은 새처럼 쿵쿵 울리는
그 아이들의 심장 뛰는 소리를 느끼시지요

당신은 검을 빼어 드시는군요
목이 떨어진 후 얼마까지 서로를 바라볼 수 있는 걸까요
아니면 눈이 금방 흐려질까요?
여보 아이들의 눈을 가려주세요
아니면 제 치마끈을 떼어 드릴테니
그것으로 목을 얽으시면 어떻겠어요?
칼날에 동강 나는 것은 너무나 무서워요
패장의 가솔은 노비가 된다지만
노비로라도 살아가다보면
자식, 자식, 그 자식의 자식 때라도
다시 사람답게 살 수 있지 않을까요?
여보 죽는 게 꼭 용기 있는 걸까요?
나라 위해 죽는다지만
그 나랏님은 나라를 위해 무엇을 했나요
당신이 병사들과 진흙 속에서 피 흘리고 있을 적에
아첨하는 사람들에 둘러싸여
쾌락에 빠져 있지 않았나요
당신을 핍박하시지 않았나요
여보 그러니 여보

우리 죽지 말고 살도록 해요
그게 안된다면 여보
저와 아이들이라도 살려주세요 여보 살려주세
……!

잘려나간 제 목에 붙은 눈이
잘려나간 아이들의 목에 붙은 눈과
마주쳐요 아이들의 눈은 휘둥그레졌어요 믿어지지 않
……아 ……

1950년대의 서울, 식솔 벌어먹이기가 벅찼던 가장이 방
에서 목을 맸다. 아이들 엄마는 그 비겁한 가장의 시체를
두들겨팼다. 1990년대의 서울, 가출한 아내에 대해 분노한
가장은 아이를 데리고 다리에 나가 강물에 떼밀었다. 다리
에 대롱대롱 매달려 죽지 않겠다고 빌던 아이는, 경찰이
아버지를 끌고 가자, 아버지가 빨리 집으로 돌아오게 해
달라고 애원했다.

그 복수의 칼날은 누구의 심장을 찌를까요

지구상의 모든 생물 중에서 오직 인간만이
증오로 임신시킬 수 있을 거예요
세르비아와 크로아티아
소련의 힘 아래 묶였던 이민족으로 이루어진 나라
젊은 여인들이 강간에 의해 적군의 아이를 배고 울부짖
고 있었어요
증오로 씨 뿌리고
어머니의 눈물을 받아 먹으며 싹 트고
악몽으로 태어나고
주변 사람들의 증오 밑에 성장할
그 아이들의 부모는 누군가요
그 아이들은 자라 어떤 인류를 만들까요
그들이 만들어갈 지구는 어떤 모습일까요

제 3 부

일하는 여자

일하는 여자

봄이 되면 나는 맞춤의 재킷 한 벌을 갖고 싶어요
연한 베이지의 얇은
어느 옷에나 어울리게 입을 수 있는 재킷 한 벌
물론 종종 사기도 하지만
해마다 나는 실패하죠
원피스에 어울리지 않거나 가진 스커트에 안 맞거나 목
이 당기거나 겨드랑이가 끼거나
언제나 그렇죠

나는 구두를 사러 가는 꿈을 자주 꾸죠
벽면이 유리로 된 고층의 백화점에 가서
구두를 고르는 꿈
처음엔 눈에 들어오는 신이 많다고 생각하지만
신어보고 만져보고 하는 사이에 모양이 뒤틀리고 색이
변해
하나도 만족스럽게 사 들고 나오진 못하죠

한 벌을 사서 세 계절을 입을 수 있는
한 켤레를 사서 네 계절을 신을 수 있는

그런 물건들은 대개 남자들 것이죠
모양이 단순하고 질이 좋게 만들거든요

여자에게 팔 물건은 환상을 위한 거죠
몸매를 기막히게 돋보이게 한다는 좁아터진 속옷들과
다음달엔 벌써 터무니없이 보일 디자인의 옷 따위와
넓은 발을 간신히 구겨넣을 뾰족한 구두
그게 남자들을 매료시킬 것이라고들 말하죠

나는 유행하는 옷차림으로 길에 서서 버스를 기다리며
지나가는 남자들에게 정신을 빼앗기곤 하죠
자신만만해 보이는 엷은 회색이나 베이지의 정장 차림의
화이트 칼라들
증권회사 직원인지 은행의 중견사원인지 세일즈맨인지
알 수는 없지만
그들의 패드 넣은 자켓 어깨의 당당한 선에 매료되어
그들의 의아해 보이는 눈길과 마주칠 때까지 실에 연결
된 듯
뒤돌아 바라보곤 하거든요

아뇨 내가 부러운 건 그들이 남자라는 사실인 거죠
세계의 주인이죠 여자들과 아이들의 주인이구요
고등학교밖에 못 나왔든 소위 MIT 박사이든 간에
그들은 '다른 건 다 훌륭하지만 여자라 안되겠군요'라는
말을 들을 필요는 없거든요
그들이 그걸 알고나 있는지 알고 싶었어요

유난히 솔직한 어떤 교수가 말했죠
아니 돈도 없고 남자 관계는 결벽하다구요?
그럼 무슨 이용 가치가 있습니까?

네, 전 돈도 없고 몸도 안 줘요
그리고 아무에게도 딸려 있지 않은 여자지요
보호자가 없는 독신녀구요
나 자신의 가장이죠
그래서 많은 사람이 나를 미워하죠

나는 나를 위해 옷을 사죠

밉지 않게 머리도 자르구요
남자가 되고 싶냐구요? 아니 그렇진 않아요
내가 바라는 건 온전하게 내 자리에 서는 것뿐

나는 오늘도 내 재킷을 찾으려고
오래도록 걸었어요
쇼윈도는 화려하지만
나를 위해 준비된 건 아니죠
아직도 찾지 못한 내 구두 때문에
내 발가락은 언제나 빨갛게 부어 있죠

그래요, 눈앞에서 문이 꽝꽝 닫힌다 해도
몸을 팔지는 않아야겠지요
사랑이란 이름으로든 다른 이름으로든
그래서는 행복할 수 없어요
우리 모두 늙고 약해질 때
오랫동안 약했던 사람이 더 강해요

꿈의 분석

꿈속은 낮처럼 낙천적이지 않다
그럼 낮의 나는 속고 있는 걸까 짐짓
속이고 있는 걸까

고층의 위락 빌딩에 갔었다
엘리베이터를 타고 짐작으로 내려서
도서관, 백화점, 휴게실로 된 몇개의 층을 헤매다가
약속이 된 장소를 찾았다(고 생각했다)
이젠 반백이 되신 은사인 교수 두어 분과
대학원생들 속에 합류하기로 되어 있(다고 생각했)기 때
문에
한 층 전체가 로비로 되어 있는 찻집의
실내 계단을 오르내리면서 탁자와 의자의 무더기들 속을
헤치는데
아는 얼굴이 없었다

웨이터에게 묻고
과사무실의 조교에게 전화를 했다
—— 거기 안 계셔요? …… 혹시……

약속이 바뀌었을까요? 아니면……
약속이 안되어 있었을까요?
라고 그는 대답했다

내려가는 엘리베이터를 탔다
고급 맞춤정장을 입은 신사들이 웅웅 울리는 목소리로
번창하는 사업 이야기를 하다가 왈칵
밀려나가 사라졌다
나는 혼자 내렸다
그런데 출구가 없었다
지하층까지 잘못 내려와버렸군이라고 생각하면서 나는
올라가는 그것을 타야겠군이라고 생각했는데
그것? 그것 이름이 뭐였지?
엘레베터? 엘리베터? 엘리베이터?
스펠링이 틀리면 안되는데라고 초조해하는 사이
눈앞에서 왈칵 그것이 열리고 쏟아져나온 사람들 틈에서
뚱뚱한 아줌마가 헐떡거렸다
──아유 좁아라. 아유 좁아라. 배 터져 죽을 뻔했네

달려들어 타는 사람들에게 밀려 다음 것을 기다리기로
했는데
올라가던 그것이 눈앞에서 순식간에 뒤집어졌다
사람들을 어딘가로 삼켜버리고 옆구리를 부르르 떨어대는
엿가락같이 휘어진 에스컬레이터의(그것으로 바뀌어 있
었다) 톱날 저편으로
어두운 출구가 입을 벌리고 있었다
아줌마 하나가 경련하는 톱날들 사이를 기어
(금방이라도 허리가 두 동강이가 나는 것을 볼 것 같아
질려 있는 동안)
출구 쪽으로 사라졌다

나는 무서워서 계단을 찾아
한 층 위로 올라갔다
늘어서 있는 인조 잔디의 미니 골프장들 안에
한 사람씩 들어가 놀이에 골몰하고 있는 광경
아는 얼굴들도 있었지만 부르는 건 그만두었다

통로는 등 뒤쪽에서 발견되었다

바깥엔 황토흙의 뻘 위로
빗물이 웅덩이들을 이루고 있고
간간이 가건물이 보이고 트럭들이 서 있었다
뒤를 돌아보자
빌딩 사이로 검은 철제의 대전탑이 (실제로는 그렇게 생
기지 않았다) 보였다

뒤가 시가지니까
집으로 가는 길이 맞구나
진창길을 다시 걷기 시작하며
나는 쓸쓸해졌다
내가 집 쪽으로 가는 길은 질구나
언제나처럼 그렇구나 하고.

잠을 깨니 옆자리에서 어머니가
살그머니 일어나 방문 고리를 벗기고
거실 불을 켜고 거실 불을 끄고
부엌 쪽으로 가시는 소리가 들렸다
보일러 돌아가는 소리가 들리는데

왜 이리 추울까

추 워 추 워
서류 가방을 들고
학교와 학과와 교실들 사이를 걷는
시간 강사의 꿈
인생 속에서 길 잃은 사람의 꿈.

철제 캐비닛

저걸 열면 부자가 될까요?
낯선 방에 놓인
작은 철제 금고를 보면
저는 그런 생각을 합니다

부자가 된다는 것은
히치콕의 영화 「마니」의 여주인공처럼
장갑을 끼고 능숙한 솜씨로
잠겨진 철제 금고를 여는 일이라고요

잠겨진 금고 숨겨진 보물
바닷속 난파선에서 여전히 빛나며 쏟아져나오는 스페인 금화
파묻혀진 2차대전 때 파시스트들의 금괴
암호가 맞으면 열리는
바위 속의 보물 창고

부자가 된다는 것은 그런 거죠
작은 철제 금고는 제게 그런 것을 보게 해주죠

어렸을 적 아버지 방에도 그런 금고가 있었죠
늘 잠겨 있는
아마 그때 아버지는
뭔가 내가 못 사는 걸 살 수도 있었을 거예요

우리 앞에서는 열리지 않는
지폐로 가득 찬
힘으로 가득 찬

그 금고는 지금도 아버지 방 윗목에 놓여 있어요
아버지가 퇴직한 후도 십년이 지났고
내가 봉급을 받기 시작한 후로도 십년이 지나서
그 금고를 열어 보았죠
거무스름하게 변색한 백동 열쇠로
역시 거무스름하게 변색된 녹조훈장 하나
청렴했던 공무원에게 주는 거라죠
이제 어디에도 맞지 않는 사무실 책상 열쇠들
외국에서 가져온 빛 바랜 기념품들과 엽서들

이후

그 캐비닛은

잠겨 있어도 늘 열려 있는 것 같아 보이죠

이제는 아무것도 못 사실 아버지.

길 잃기

시간당 만 오천원짜리 야간 강의를 마치고
거리에 내려서면
갑자기 붙들 게 하나도 없어진다
밤 열시 사십분
오분 이쪽 저쪽이면 버스가 끊어지는데
생각할 수조차 없다 빈 머리로
지척지척 걷는다
가로등 속 골목은 노랗게 떠 있고
담장마다 버려진 듯 웅크리고 있는 자동차들

모퉁이에 젊은 남녀가 서서
눈을 내리깔고 손으로 옷깃을 잡아당기면서
함께 갈지 말지 망설이고 있다
그들의 인생에선 오늘이 중요한 날일지도 모르겠군
그러면 나는 그 목격자가 되는 셈이고

무언가에 함께 엮어져 있는 사람들이 부럽다고 생각하면서
정류장에 서 있다 이마에 불을 달고 택시들이 좍 흘러오
고

이어 그것도 그친다

버스를 기다리던 마지막 사람이 택시를 불러 타고 사라
진 후

혼자 거리를 바라보고 서 있다

기다리는 데 타성이 붙어버려 그런지

뭘 기다리는지조차 잊어버리고

귀   가

부모의 집도 내 집 아니네
형제의 집도 내 집 아니네
내 집 아닌 곳에서 나와
내 집 아닌 곳으로 돌아가네
문간에 나온 노모 가느다란 목소리로
잘 가라, 안녕이라 말하네
나이 들면 목소리도 야위는가

나 삼십육년 살아
부모 늙으시는 것 보네
자기 먹고 살기 급급하여
돌아앉는 친구의 등 보네
내 모습도 그 속에 있네

칠월의 밤 열시 대전직할시 시가
기온은 섭씨 삼십도에서 더이상 떨어지지 않고
불순해 보이는 네온사인들 아래
후벼파는 듯 강한 노점상의 작은 불빛
스펀지를 밟는 듯한 걸음걸이로

떠다니는 사람들, 어디로 가고 있는지
스스로는 알고 있는 걸까

나 다만 눈에 눈물을 담고
흘러가는 거리들을 바라보네
내 집 아니지만
이 길 끝에 방 하나 있어
그리로 돌아가는 길이네.

쓸쓸한 가을

공터가 있다
중간 정도 크기로 자란 활엽수 몇 그루 내려다보고 있고
웃자란 풀들과
소주병 마개들과 과자 봉지
샛노랗게 페인트칠한 벤치가 있다
지난 여름, 끝까지 뽑아올린 초록빛이 을씨년스러워진
우산풀과
보소소한 갈색 무더기로 변한 강아지풀
붉은빛을 잃은 여뀌꽃들
그 위를 떠돌다 길을 잃고 벤치까지 날아오는 날파리와
땅강아지를 닮은 가느다란 골격을 가진 날벌레
바닥에는 기어다니는 개미들
윤기 나는 검은빛의 왕개미들과 자세히 보아야 보이는
불개미떼
큰 개미의 표정은 읽기 쉽다
괜히 마음이 급한 듯 달려나오는 것
싫증난 듯 좌우로 몸을 흔들며 마지못해 기어가는 것
누군가의 발에 밟혔던지 웅숭그리며
고통스럽게 목과 허리와 다리의

마디마디를 펴보는 것

하얀 부스러기를 입에 문 것

그렇다, 부스러기를 찾는 일

그게 개미들이 돌아다니는 이유겠지

그래서 밝은 빛깔의, 즙이 많을 듯한 연한 풀들은 젖혀
두고

단지 부스러기를 위해서

이리로도 달려가고 저리로도 달려가고 여러 개의 다리를
움직여보는 거겠지

목표가 분명해서 개미는 좋겠구나

생각하다가,

참 나도

부스러기를 주우러 다니는 것은 마찬가지

다만 지금은 잠시 이 벤치에 앉아

줍는 일을 쉬고 있는 것, 그뿐

할 수 없이 인정하는데

툭, 소리를 내며 참나무 잎이 맨땅에 떨어지거나

풀 위로 떨어져

소리도 없이 얹히거나 하고 있다.

십 이 월

나는 살아 있구나
이룬 것 없는 십이월에
나는 살아 있구나 십이월
달력은 새것으로 바뀌고
아침에 일어나면 길은
어제와 같은 방향으로 뻗어 있겠지
아무데로도 나를 실어다주지 않는다 이 길은
내가 가고픈 곳으로 난 길은 없다
없다라고 말하는 것이 너무 느낌이 강해서
없는 것 같다라고 고치는 것이 어떨까 생각하면서
멍하니 모니터를 들여다보는데

바깥엔 십이월 밤중에 비 내리고
축― 축― 떨어지는 빗물들로
밤길은 구공탄빛으로 번들거린다
누가 나와보렴
실심한 마음에 실심한 비 내린다
골목은 희번득거리고
습기에 쫓겨 처마 밑으로 들어오면

연탄가스가 잠들어 있는 사람들의 목을 조른다

1992년은 지나고 있노라고
티브이에서 아나운서는 말하는데
그 화면 속에 옴팡
지난해에 보람 있었던 이들
내년의 희망찬 전망을 피력하는 이들은 들어 있는데
(물론 가짜 전망이긴 하지)

티브이 밖은
내년의 전망을
말할 게 없는 이들의 세상
여기에도 한 사람 있어
그럴듯한 배경 음악도 없이
노란 생고무줄로 되는 대로 머리를 한줌 묶고
옆머리는 삐쭉 빠져나온 채로
튼 입술을 이빨로 물어뜯으며 앉아 있다
내려덮이지 못하는 눈꺼풀을 비벼댄다.

나는 종이에도 손을 벤다

맨홀로 빠져 도망치다가
추적자의 예리한 칼에
귀 한쪽 밑에서 다른쪽 밑까지 베어졌다
피는 별로 나지 않았지만
이 너덜거리는 목 피부를 어쩌면 좋아, 만져보던
간밤의 꿈의
의미는 뭘까 생각하면서
문득 차창 밖을 내다보니
자기 푸줏간 앞 길에서
야윈 반달 모양의 칼을 갈고 있는
푸줏간 주인이 보였다
한번 갈고 다시 물칠을 하고
뒤집어서 다시 물칠을 하고
날세운 칼날을 손가락으로 잡아보며
만족한 얼굴인 그 사내
그는 물론 죄 없는 사람이겠지만
꿈속에서 나를 쫓기게 만든
낮의 나의 공포는 무엇일까
어제 종합소득세 납부통지서를 받은 일밖에

기억나는 게 없는데
세금 낼 만큼 돈을 많이 벌었는 줄은 몰랐었다
칼과는 전혀 상관이 없는 일이었는데
하긴 나는 일쑤 종이에도 손을 벤다.

자기 시집 읽기

참 이상하다
새로 나온 내 시집을 무심히 들고
한두 페이지 넘겨보다가
첫장부터 끝장까지 읽고 말았다
그러곤 혼자 흑흑 느끼며 운다
거기에 '내가 슬프다'고 쓰지 않았는데
'나는 운다'라고 쓰지도 않았는데
요즘 상당히 신랄하고 꼬여서 어머니까지도
'그땐 너 지금보다 순수했지'라고 말할 정도인데도
다 정리된 그 감정들을 읽으며
운다 독자들도 울지 않을 텐데 그래 그러니까
작자니까 우는 거겠지 그러면
중학교 1학년 때 청소년회관에서 5원 내고 본
「국군은 말한다」 뭐 그런 영화에서
주인공의 전우쯤 되는 사람이
총을 맞고 막 울면서 8분쯤 걸려 죽을 때
관객인 우리, 중학생들이 막 웃었지만
영화를 만드는 사람들은
그걸 울며 찍었을지도 모르겠다

독자들은 픽 웃고 마는 시들을 보고
나 혼자 눈시울이 시큰,
그렇게 된 건지도 몰라 나도 늙어가는 걸까
그래서 나는 전원을 넣고
워드프로세서로 '나는 운다'고 쓴다
그리고 드디어 눈물이 말라서
응 그래 맞아 난 요새 잘 울지 않잖아라고 속으로 뇌이
면서
머리를 묶은 고무줄을 잡아당겨 뽑고 지퍼를 열어 티셔
츠를 벗고 양말을 벗어 던지고 방문을 잠그고 불을 끄고
눕는다
그리고 메말랐음에 약간 안도하며
마른 흐느낌을 두어번 더 혹, 하고 내어보고는
뺨에 한쪽 손을 대고
잠이 든다.

바닥이 나를 받아주네

날마다 한치씩 가라앉는 때
주변의 모두가 의자째 나를 타고 앉으려고 한다고
나 외의 모든 사람에겐
웃을 이유가 있을 거라고 생각될 때

집으로 돌아오는 밤길
눈길 스치는 곳곳에서
없는 무서운 얼굴들이 얼핏얼핏 보일 때
발바닥 우묵한 곳의 신경이
하루 종일 하이힐 굽에 버티느라 늘어나고
가방 속의 책이 점점 늘어나
소용없는 내 잡식성의 지식의 무게로
등을 굽게 할 때

나는 내 방에 돌아와
바닥에 몸을 던지네
모든 짐을 풀고
모든 옷의 단추와 걸쇠들을 끄르고
한쪽 볼부터 발끝까지

캄캄한 속에서 천천히
바닥에 들러붙네
몸의 둥근 선이 허락하는 한도까지
온몸을 써서 나는 바닥을 잡네
바닥에 매달리네

땅이 나를 받아주네
내일 아침
다시 일어날 수 있을 거라고
그녀가 나를 지그시 잡아주네.

빨간 신을 신고 나 그 길로

흰 꽃이 핀 길로 들어가 한 오리쯤
오른쪽 옆에서 싸리꽃 냄새가 진하게 풍겨
왼쪽은 햇빛이 마른 흙에 쏟아지는 냄새 푸른 보리 이삭
이 영그는 냄새
흰 꽃이 핀 길로 들어간다고 쓰다가 나는 자꾸만 글자판
을 헛짚어 그냥
잠들어버릴 것 같아
여기서는 아무도 행복하지 않아
복도에서 사무실에서 도로에서 그냥 나는
흰 꽃이 핀 곳으로 막 달려들어가고 싶어 아니 들키면
나를 잡아당길 거야 갈퀴로 심장을 끌어낼 거야
──큰 침대에 눕혀. 몸이 작으면 팔다리를 잡아당겨 맞춰.
──작은 침대에 눕혀. 몸이 넘치면 남는 귓부리와 뒷꿈
    치를 잘라내 맞추라고.
──규율이 중요하니까. 나사못은 나사 구멍에 맞아야
    지. 쇠로 만든 구두를 달구어 신기고 쓰러질 때까지
    춤추게 할 거야
랄라 랄라 랄라 할머니는 눈이 나쁘시니까 장례식에 빨
간 신을 신어도 아실 게 뭐람.

랄라 랄라 랄라 그러나 이 빨간 신은 벗겨지지 않아. 죽어서 쓰러질 때까지 춤을 멈출 수 없어.

 저절로 춤추는 빨갛게 달군 쇠신을 신고 나는 그 길로 들어가네

 싸리꽃, 배꽃, 사과꽃, 익어가는 보리 이삭, 황토 흙냄새

 랄라 랄라 랄라

 나 죽어 쓰러져 그 흙에 코를 박고 춤 멈추는 게 소원

 여기서는 아무도 행복하지 않아.

밤 열시 건물 안에서 수십 명의 사람들이

밤 열시 건물 안 수십 명의 사람들이 묵묵히 일하고 있
고 그녀도…… 숫자와 서류들…… 산소가 부족하다 산소가
부족하다
뛰쳐나간다
복도에서 급히 걸으면서
목말라 창밖을 바라본다 적어도
툭 트인, 시원한, 어디로든 벗어나간 풍경을 보리라

복도 등에 얼비쳐
실내만이 비친다
벽, 벽 모퉁이, 천정, 바닥
다시 벽, 벽 모퉁이, 천정, 바닥
(여기 갇혔어
이 시간 이 건물 안에)

코가 닿을 듯 창에 다가갔다가 깜짝 놀란다
검고 낯선 얼굴과 눈
(여기 갇혔어

이 몸 속
이 눈 속에
여기에)

무언가 더 자유롭고 중요한 것이 있다
이 몸 속에 이 건물 안에 갇혀서는 안될 것이
더 자유롭고 가치 있는 것이
——라고 그녀는 중얼거린다

('영혼'이라 부르면
연기처럼 훅 꺼져버릴 것처럼 연약해 보여.
'생명'이라 부르면
한번의 죽음으로 정리될 생물학적인 것으로밖엔 안 보
여)

놓아줘
내가 손을 놓으면 너는 구름 밑으로 끝없이 떨어질지도
모르는데
놓아줄까?

놓아 줘
아무리 달려도 밖과 만나지 못하는 길 안에서 널
놓아줄까?

아아(그것은 눈을 가린다)
아아(그것은 귀를 막는다)
아아(그것은 기껏 화장실에 가서 잠깐 앉아 있고 싶다고
말한다)

　(그것을 담은 그릇인 그녀는 종종걸음으로 사무실로 돌
아간다)
　어쨌든 '그것' 때문에 죽는 사람은 없어라고 삐쭉거리며
저 꼭대기 누군가 말한다

제 4 부

별은 다정하다

별은 다정하다

집에 돌아오며 언덕길에서
별을 본다
별을 보면
마음이 푸근해진다
별은 그저 자기 할일을 하면서
반짝반짝 하는 거겠지만
지구가
혼자만 있는 게 아니라는 것 같아서
내가
혼자만 있는 게 아니라는 것 같아서 그렇다

눈에 닿는 별빛이 몇만년 전에 출발한 것이라든지
  그 별이 이미 폭발하여 우주 속에 흩어져버린 것일 수도
있다든지
  보이저가 가보니까 토성의 위성은 열여덟 개가 아니라
  사실은 스물한 개였다든지
  그런 걸 알아도 그렇다

오히려 나도

다음 생에는
작은 메탄 알갱이로
푸른 해왕성과 얽혀 천천히 돌면서
영혼의 기억이 지워지는 것도 좋겠다 싶다

누군가
열심히 살고 있는 작은 사람 같아서
가족의 식탁에 깨끗이 씻은 식기를 늘어놓고
김이 무럭무럭 나는 큰 냄비를
가운데 내려놓는 여자 같아서

별은 다정하다.

가을 저녁에 잠들며

가을 저녁에
불 켜지 않은 방에서 잠들며
나는 내가
아름답다고 느낀다
대나무 발 너머 공기 속 산소가 가득하고
집으로 돌아가는 아이들 안녕, 안녕,
퍽 재미있었는데
너희 엄마들이 기다리고 있구나
언덕 위 남은 햇빛은 진해지고
서늘한 어둠 속에서
나는 더 가벼워진다.

몽상적 인간

겨울 길을 주머니에 손을 넣고 걷다가
머리 위를 바라보면 오리온 자리의 세개의 별이 나란히
걸리고
그 왼쪽에 오렌지색의 베라가 보이고
오리온의 오른쪽 밑으로 연결되어
벨벳 천 위에 놓인 호사스런 다이아몬드 목걸이같이
흘러내리며 반짝이는 별자리가 보인다
그러므로 밤거리 어디든 길은 내 마음을 향해 뚫려 있다

나는 걷는다 나는 즐겨 지상의 길을 잃어버린다
하늘의 길은 늘 같은 장소에 있다고 나는 믿는다 그러므로
인간의 공간 구획은 의미가 없다 이 겨울

그것처럼 나는 누군가 나를 지극히 사랑하고 지켜보고
있다고 믿는다 나도 그를 지극히 사랑하고 있다고 믿는다
생존경쟁의 밀림인 낮을 벗어나
담과 창을 통해 개방된 여름을 지나
이 內省의 겨울이 오면

나는 사람들이 버린 거리에서 별들의 지리에 익숙해진다
오 물론
생명 있는 동안 그리 가까이 갈 수는 없으리라

낮에는 나는
결코 진짜로 깨어 있지는 않지만 눈꺼풀을 열고
필사적으로 일한다
어쩌면 그것은
몽상적인 인간도 살아 남을 수 있음을 보이기 위해서

—— 다윈 선생
    당신은 살아 남았나요?
    실용적 정신의 인간만 적자생존에서 선택될 수 있
  다고
    혹 믿나요?

나는 별의 길에 대해 아무에게도 말하지 않는다
고흐도 아무에게도 말하지 않았다
우리는 길 잃은 사람에게 인간의 길을 가르쳐주기까지

한다
  장마철의 개미의 둑처럼
  쉽게 무너지고 쌓아지는 구획들이긴 하지만

  우리보다 더 강한 사람이 있다면
  그는 별의 길에 대해
  시로 쓰지도 그림으로 그리지도 않으리라

  신은 빈틈 없지도
  완벽히 선하지도 않지만
  적어도 상상력은 있으시다
  때로는 그도 그가 창조한 이 세계에 혼란스러우시리라.

안녕 별들

안녕 예쁜 별들

난 영원히 널 가질 순 없을 거야

바라보고……

…… 그리고

죽을 뿐

너도 그렇지

사람들은 그저 바라보고

그리고 죽는 거야

단 혼자서.

안녕 예쁜……

하고 중얼거리다가

그 페이지 닫히겠지.

하지만 언젠가는 다른 항성계에 태어나

모습이 아주 달라진 별자리 속에서

네 모습을 발견하고

묻겠지 안녕 별아

너 여전히 거기 있구나

어째서 그렇게 내 마음을 끌지?

난 거기서 누구였고

누굴 만났었니?라고.

강가에 차를 세우고

강변 자갈길에
붉은 차를 세우고
강을 내려다본다
강 건너에
한 사람이 흰 차를 세우고
모래사장에 내려와
물을 내려다보는 것이
조그맣고 뚜렷하게 보인다
나는 혼자이고
그도 혼자이다
그와 나 사이 강 위 하늘을 나는
회색에 흰 무늬가 있는 날개를 가진 큰 새도 혼자다
강변에 서 있는 풀들은 서로 비비적거리며
찔레, 개망초, 메꽃, 엉겅퀴
흰색, 노랑색, 분홍색 꽃들을 달고 있지만
자기 몫의 땅에 발가락을 묻고
제각각 혼자 서 있다
그러면서 무심히 강물을 내려다보고
그러면서 무심히 서로를

말끄러미 들여다보기도 한다
햇볕 쬐면 무심히 투명해지고
바람 불면 무심히 한 방향으로 흔들린다
이것이 이 순간의 삶이다.

그 사람의 사진 우연히 책 속에서 마주치다

뭐가 그렇게 결국 달라졌을까
그 남자와 내가 함께 살았더라면
그 강물 바닥 드러날 때까지 마셨으면
갈증이 가시어 서늘하게 가라앉았을까
나 나날이 행복했을까

내 볼에 젊은 빛 사라지고
민감하게 떨리던 마음의 絃들 무거워져
이제 책상 앞에 졸음에 무거워진 머리를 늘어뜨리고 쪼
그려 앉아
몇자 그대에게 적어본다

할말이 있을 것 같지 않았는데
아니 아직 잊지 않았다
언제라도 잊을 일 없으리라고
마음 바닥에서 말하는 나 있어

이 세상에서 다시는 우리의 길 만날 일 없으니

그대 우연히 마주치더라도
내 인사말은 떨려 나오지 않겠고
뒤돌아가는 내 등 쓸쓸해 보이지 않겠지만
그런 건 믿을 게 못되지 그대

그대 어디엔가 살고 있다고
믿는 것이 위안이 되는 게 그리움이라면
그건 꼭 이 세상이 아니더라도 좋겠지

지금 와서 생각하는데
이상하지
그대도 나를 사랑했고
지금도 어느 정도 그럴 거라는 생각이 들어서

그대의 둥그레진 얼굴의 선을 바라보면서
그대는 내 외로움을 어떤 눈으로 들여다볼 것인가라고
생각하는 것
이 삶.

제대로 된 사랑

어느날 갑자기 친구가
애인이 되어주지 않겠어, 라고 물었다
아니 싫은데, 정말 가볍게 대꾸했다
몇 달 후 그는 다시
애인이 되지 않겠느냐고 물었다
전혀 그럴 것 같지 않던 십수년 간의 습관으로
아무런 방비도 되어 있지 않았으므로
이건 불공평해, 라는 생각도
그때엔 떠오르지 않았다
그는 무언가에 목말라 손을 내밀었을 텐데
나는 더듬거리기만 했다
——그럼 이제 너 만나는 데도 죄의식 느껴야 해?
——아니 죄의식 안 느껴도 돼.
그는 어눌한 목소리로 대답했다
그렇지만 그는 내게 평생을 피하기만 한다면
달라질 것은 아무것도 없다고 했다
나는 그게 아니라고 생각했지만
왜 아닌지를 말하지는 못했다
적어도, 왜 그는 십년 전에 그렇게 묻지 않았을까

그리고 내 마음이 움직일 때까지
한 삼년 기다려주지 않았던 것일까
십오년 동안 친구였다면
다시 십오년 동안 친구로 지내는 게 옳은 일이었다
그런데 왜 나는 몇 시간씩
정신없이 밤길을 걸어야 했을까
습관이 된 친밀함이
그렇게 무서운 것인지 전에는 알지 못했다
나는 더 조심했어야 했다
이만큼도 사람에게 기대서는 안된다는 것일까
나는 더, 더, 혼자서
서 있어야 한다는 걸까
——세상에 제대로 된 사랑은 하나도 없는 거야?
나는 멈춰 서서 공터에 대고 소리쳤다
그 소리는 안개 속에 스몄다.

구월 삼십일의 일기

행복과 불행을
다른 사람에게 얽어매어놓는 일은 바보짓이다
설혹 어느 정도
그것이 서로에게 공통되는 감정이라 할지라도

이 별에 이번에 태어나 살아가는 일은 이런 것
난 벌써 반을 살았지

설혹 가지고 있는 것이 여러가지 있다 하여도
결국은 혼자 남고 마는 것이
삶의 비밀이니

가진 것이 없는 것을
슬퍼하지 말 것.

휴   가

따로따로 놓여 있다
등은 의자 등받이에
손은 옆 의자 등받이에
엉덩이는 의자 방석에
발은 의자 다리 밑 가로대에

이제 일어나면 너는 네 여자와 네 집에 가고
나는 늙으신 내 부모님 곁에 가서
말 없는 며칠을 지내겠지
물살도 일으키지 않고 시간이 흘러가고 아무것도 변하지
않겠지

식사를 마치고, 강변에서

사월 초순의 밤, 초승달이
앙증맞은 금사슬을 걸고
돋아오르는 별들, 별들
공주 청벽의 강변 언덕 위에서
선명히 새겨진 북두칠성을 보며,
저 하늘을 한폭 찢어내어 티셔츠를 해 입었으면,
하고 무심코 혼자 말했더니
곁에 섰던 이재홍 선생이 그 곁 선생님께
아 글쎄 밤하늘로 티셔츠를 해 입겠대요라고 흥을 보았죠
그래요 나 티셔츠 해 입었으면
깊은 푸른 빛에 초승달과 별들이 걸린.

그러면 갈비뼈 사이로 별들이 운행하고
내 전신은 흩어져
그 우주의 바람 속으로 스며들겠죠
어디에 깃들여 있는지도 알 수 없게 된 영혼만
반대편 하늘에서 내려다보겠죠
아 글쎄 밤하늘로 티셔츠를 해 입겠대요라고 말하며
새 꽃눈을 부풀리고 있는 거무스름한 나무들 곁에서

담배 연기를 퐁퐁 올리고 있는
다정한 사람들을.

설날에

모두들 허우적거리며 떠내려가는 것 같아
떠내려가는 옆 사람을 부를 여유도 없이
그래서 넋을 놓고 있다 보면
섬 기슭 여기에 하나 산 너머 저기에 하나
모래톱에 밀려와 있는거지
서로 만날 수조차 없는거지
누군가 다감하고 기운 있는 사람 하나 있어
봐요 이쪽이에요 이쪽으로 손 내밀어요
하고 잡아 끌어올려주진 않을까?
같이 흘러가주진 않을까?
새해 첫날 그런 꿈을
꾸어본다.

前生의 사람에게 보내는 작별 인사

자다가 빙긋 웃을 때가 있다
얼핏 잠이 들었다가
과거의 시간과 현재의 시간의 중간에서
흘낏 과거 쪽을 쳐다보며 웃는 것 같은
인사하는 것 같은
그런 웃음으로 깨어날 때가 있다

잠들기 전 비참했던 때라도

전생에선
지금보다 훨씬 행복했었다는
증거가 아닐까

전생의 누구를 돌아보며 나는
그렇게 행복한 미소로 안녕, 하는 것일까
그 얼굴 보이지 않는

■ 해 설

사랑, 그 부재의 공간에서 꿈꾸기

박　세　현

　양애경의 기본적 관심은 꿈／현실의 분별 속에 놓여 있는 것
으로 보인다.
　양애경에게 있어 분별이란 꿈과 현실이 하나의 몸을 이루지
못하고 분리되거나 이탈됨으로써 발생하는 생의 엇갈림과 혼란
스러움을 의미한다. 꿈은 있되 현실이 없는 현실 또는 현실은
있되 꿈이 소거된 현실은 그것이 어느 것이 되었든 본원적 괴로
움으로 자리할 수밖에 없다. 양애경의 시는 이와같은 불구적 현
실에 대한 탐색으로부터 비롯되며 소망스런 삶의 자리를 위한
꿈꾸기 내지는 꿈과 현실을 잇대기 위한 작업이다. 이러한 탐색
과 꿈꾸기는 한가지에만 집중되지 않고 다양한 방향에 걸쳐 있
다. 즉, 사적인 영역에 속하는 내용으로부터 사회적 비판과 성
찰에 이르기까지 그 촉수는 폭넓은 자장을 드리우고 있다. 거기
에는 페미니즘적 관심이 있는가 하면 존재론적 에로티시즘이 포
착되고 가족에 대한 애증이 피력되고 있는가 하면 문명비판적
요소도 동시에 포섭되고 있다. 이는 모두 꿈과 현실이 분별되었
으므로 발생되는 문제들이라고 볼 수 있다. 이 가운데 꿈과 현
실의 분별을 가장 첨예하게 또한 절실하게 보여주는 중핵은 뭐

니뭐니해도 사랑을 다룬 시편들이다. 사랑은 양애경 시의 비롯됨이며 도착이되 아직 거기에 이르지 못한 속절없음이며 더불어 길고 난삽한 생의 과정이기도 하다.

그러하다면, 양애경이 다루고 있는 사랑의 모습은 어떤 것인가. 그가 애착하는 사랑은 현존하지 않고 부재하는, 불가피하게 부재하는 사랑이다. 즉, 있으되 있다고 언표할 수 없는 모습으로 존재하는 것이 그가 다양한 어법으로 고백하고 회상하는 사랑의 어떤 실체다. 그러므로 아니 그렇기 때문에 시인은 부재하는 사랑에 대해 참으로 일관되고 집요한 정서적 지향을 보여주고 있는지도 모르겠다.

내 피를 다 마셔요
내 살을 다 먹어요

그럼 나는 껍데기만 남겠죠
손톱으로 눌러 터뜨린
이처럼

당신한테라면 그래도 좋을 것 같은 건
왤까

──「사랑」 전문

위의 시를 통해 시인이 자신의 사랑에 애착하는 모습과 그 사랑의 질량이 여실하게 관찰된다. 그는 사랑을 위해 오로지 헌신할 각오가 되어 있다. 그러나 이미 그 대상이 현실로서 존재하지 않는다는 인식은 시인 자신에게 본원적 상처가 되고 있다. 다소 감상적인 표현이 허락된다면 그것은 운명과 관계되는 상처로 판독된다. 시인은 그러므로 "그대 볼 수 없는 괴로움"(「그리움」)이라는 고정된 상황 속에서 "괴롭게 괴롭게 열에 시달려／그렇게 붉고 더 붉어져가"(「열꽃」)는 자기 열정 다스리기를 거듭한다. 거기에는 대용(代用)도 없고 대안도 없다. 물론 객관적 시점도 허용되지 않는 상황이다. 시인은 이처럼 대안 없는 현실에 길을 트기 위해 몇편의 꿈을 간직하지만 그것은 말 그대로 꿈으로 끝나고 꿈으로 완성되고 만다. 그렇다고 해도 이 부분은 양애경 시의 아픈 무늬이자 너그러운 아름다움이기도 하다.

> 논두렁 옆 둑길 하나로 걸어들어가서 방 한칸 얻고
> 편지를 쓰고 우체국에서 편지를 부치고
> 농협에 구좌를 트고
> 그리고 농협상점에서 쌀 한 봉지하고 비름나물 한 묶음 사고
> 그렇게 살아도 되는 것 같아
>
> ──「남원 가는 길」 부분

> 누군가 다감하고 기운 있는 사람 하나 있어
> 봐요 이쪽이에요 이쪽으로 손 내밀어요
> 하고 잡아 끌어올려주진 않을까?
>
> ──「설날에」 부분

양애경이 이쪽이 아닌 저쪽에 존재하는 사랑의 모습을 자신의 삶 속으로 편입시킬 수 있는 대안은 꿈꾸는 일이다. 거의 유일한 대안으로서의 꿈꾸기는 그 자체로 하나의 완성에 값한다. 사랑에 무슨 완성이 있을 수 있단 말인가! 그러나 양애경이 보여

주는 대안의 세계는 분리된 꿈과 현실을 하나의 시공 속에 포개고 있다는 점에서 완성태라고 불러보고 싶다. "세상에 제대로 된 사랑은 하나도 없는 거"(「제대로 된 사랑」)냐고 묻는 시인의 질문은 사실 질문이 아니라 단정과 탄식에 가깝다. 그럴수록 꿈꾸기는 반복되고 강화된다. 어긋나기만 하는 아니 어긋나도록 구획된 삶의 방식 속에서 시인의 꿈꾸기가 절묘한 순간을 얻은 것은 존재론적 에로티시즘이라고 이름붙일 만한 시편들을 통해서다. 이는 "단순하고 확실해서／명쾌하게까지 느껴지는 식물의／자웅동체의 사랑／한 계절의 햇빛과 바람과 흙의 힘을 빌린／딸기의 살이 혀에서／감미롭게 녹는다."(「딸기」)는 언술과 "다리는 성큼성큼 엇갈리다가／허벅지와 무릎 안쪽 사이에서 부딪친다. 그 감촉에／나는 깜짝놀란다.／물론 아무도 눈치채지는 못하지만／금지된 것 같은 느낌."(「검은 외투 속의 몸」)을 통해 은밀하고도 놀라운 사랑의 통합에 이른다. 양애경의 시에서 이 부분은 특히 주목될 가치가 있다고 본다. 그것은 꿈과 현실, 사랑의 있음과 없음, 몸과 마음으로 분별되는 지향들이 한 편의 시 안에서 일체로 통합되어 황홀을 이루는 순간이기 때문이다. 더욱이 통합의 순간이 관념의 형태나 추상의 영역이 아닌 에로티시즘의 미학 속에서 구현된다는 것은 자못 흥미로운 해석을 기다리는 대목이 아닐 수 없다. 에로티시즘은 분명히 있는 것이지만 언제 어디서나 손에 잡히는 실체는 아니다. 그렇다고 양애경이 제시하고 있는 육감적 언어의 세계가 오늘의 경박한 시류를 반영하고 있음은 물론 아니다. 오히려 그것은 무겁고 힘겨운 자기 삶의 하중을 부려놓으려는 방법적 모색으로부터 출발한다. 그러므로 그가 설정한 에로티시즘에는 나름의 복잡한 문학적 계산이 잠재되어 있다. 어렴풋이 그리고 희미하게 얼비치는 꿈들이 몸을 얻는 순간을 나는 양애경의 존재론적 에로티시즘이

라 명명하며 아울러 그것을 꿈／현실이 화해에 이르는 놀랍도록
아름답고 즐거운 순간이라고 여긴다.

　사랑 문제 다음으로 거론될 수 있는 것은 시인 자신의 구체적
현실을 취급한 시들이다. 시집 속에서 이 항목으로 분류될 수
있는 시편들이 다수 포함되어 있음은 자기성찰의 열도를 반증하
는 것이다. 그러나 이 시편들이 앞서 말해온 사랑의 부재를 기
록한 시들과 전혀 다른 장에 놓이는 것은 아니다. 어쩌면 사랑
시편의 앞과 뒤 혹은 그 사이사이에 끼여 있으면서 시인 자신의
경험의 총체를 구성한다는 것이 온당한 표현에 해당할 것이다.
양애경은 자신의 일상적 현실을 다루면서 가감없이 자기 감정을
진솔하게 드러내고 있는데 이는 말처럼 쉬운 것이 아니다. 솔직
성이 곧 문학적 성취와 등가를 이루는 경우가 없는 것은 아니지
만 대개는 그렇지 못하다. 물론, 양애경은 자신을 둘러싼 현실
적 문제들을 다루되 그것을 삶의 구체 속에서 관찰하고 음미하
며 울림의 폭이 큰 시로서 다시 보여준다.

　　　시간당 만 오천원짜리 야간 강의를 마치고
　　　거리에 내려서면
　　　갑자기 붙들 게 하나도 없어진다
　　　　　　　　　　　　　──「길 잃기」 부분

　　　내 집 아니지만
　　　이 길 끝에 방 하나 있어
　　　그리로 돌아가는 길이네.
　　　　　　　　　　　　　──「귀가」 부분

　자신의 소속이 없고 돌아가 쉴 "내 집"도 없는 그리고 모든

116

길이 차단된 시인의 처지를 요약하고 있는 시편들은 그 절박감만으로도 울림이 적지 않다. 이러한 시적 울림은 단지 특정하고 구체적인 절박감에만 한정되는 것이 아니라 그야말로 그러한 상황을 넘어서서 타인의 경험까지 폭넓게 끌어안는 보편성을 획득하는 미덕을 가진다. 그 점을 나는 양애경 시의 한 진수로 읽고 있으며 첫시집 이후 달라지거나 성숙된 부분으로 이해한다. 특히 「길 잃기」와 같은 시는 절박함과 허탈감이 뒤섞인 상황 속에서도 시인이 타인의 생을 건너다보는 태도는 일말의 여유감을 준다. 이는 고백류의 시가 흔히 빠지기 쉬운 함정을 교묘히 벗어나면서도 시 자체의 비극성을 증폭시키는 효과를 거두어내고 있다.

　양애경의 시적 현실은 대체로 꿈과 현실이 어긋나 있는 상황이고 정서의 부조화는 이로부터 출발된다. 시인은 이를 솔직하게 인정하고 그 현실을 응시함으로써 의미있는 성찰을 길어내는데 이러한 자기성찰의 한 극점은 「자기 시집 읽기」와 「바닥이 나를 받아주네」와 같은 시편에서 구체적으로 발견된다. 시인이 자기 시집을 읽는 행위는 일견 자연스러운 것으로 치부될 수도 있겠으나 그 의미는 생각보다 무겁고 까다롭다. 그것은 자신의 정체성을 점검하는 검열 행위이기 때문이다. "독자들은 픽 웃고 마는 시들을 보고/나 혼자 눈시울이 시큰"(「자기 시집 읽기」)하는 감정은 한편으로는 우습고 물론 한편으로는 우습지 않다. 전자는 자기 감정에 포획되었기 때문일 것이고 후자는 독자로 표현될 수 있는 타인들로부터 자기 삶이 동의받지 못하고 있다는 판단 때문이다. 여기에 자기 생을 바라보는 정직함과 엄격함이 부드러운 조화를 이루는 염결성의 세계가 엿보인다. 시인은 자기 처지를 재구성하고 표현함에 있어 진솔함을 앞세우지만 그것만으로 독자의 동의를 이끌어내려고 하지는 않는다. 달리 말해

적절한 시의 구조 안에서 경험의 내용을 직조함으로써 진솔함이 육체를 갖도록 하고 있다는 뜻이다. 「길 잃기」와 더불어 「자기 시집 읽기」에서 보여지는 시의 몸체는 그 좋은 증례가 될 것이다.

한편 시집의 표제작이기도 한 「바다이 나를 받아주네」는 이 시집에 수록된 시들의 평균적 민의를 비교적 잘 수렴하고 있는 작품으로 읽힌다. 이 시는 방밖과 방안의 대칭구조를 가지고 있는데 방밖이 현실세계를 표상한다면 방안은 자기만의 안식공간에 해당된다. 그렇지만 방밖의 피로가 방안에서 순조롭게 해소되는 구조를 가지고 있지는 못하다. "몸의 둥근 선이 허락하는 한도까지/온몸을 써서" 바닥을 잡고 바닥에 매달린다. 바닥은 무엇인가. 고통의 하한선, 추락의 극점이 바닥이 아니던가. 바닥은 더이상의 바닥이 없다. "나 외의 모든 사람에겐/웃을 이유가 있을 거라"(「바다이 나를 받아주네」)고 단정하는 참담함의 바닥에서는 바닥과의 친화를 통한 재생만이 하나의 대안이다. 이러한 상황은 "보라카이에서는 보라카이식으로 생각하고/육지에선 육지식으로"(「보라카이식」) 생각하도록 권유하지만 시인은 편리한 타협의 방식을 선택하지 않는다. 바다에 엎드리는, 그래서 시인은 바다으로부터 위안받으며 "내가 바라는 건 온전하게 내 자리에 서는 것뿐"이라는 당당한 태도를 찾게 되면서 "우리 모두 늙고 약해질 때/오랫동안 약했던 사람이 더 강"(「일하는 여자」)하다는 지혜로운 자기발견에 이른다. 「바다이 나를 받아주네」와 같은 시는 시인이 거느리고 있는 문학적 핵심을 폭넓게 받아준다는 장처를 지닌다.

다음으로 양애경의 시에서 현실을 똑바로 직시하려는 비판적인 시들을 간과할 수 없다. 나는 그것을 옛날식으로(!) 현실인식의 시라고 불러두고자 한다. 90년대에 접어들면서 우리가 잃어버린 것은 비판적 사유일 것인데 이제는 그것이 증발되었다는 지적마저 증발하고 말았다. 문학이 이러한 상황논리에 의해 편리하게 매몰된다는 것은 답답함 그 이상도 이하도 아닐 터이다. 양애경이 시인의 자격으로 어떤 대상을 취급하든 그것은 전적으로 그의 소관사항이다. 그렇지만 자신이 몸담고 있는 현실에 대한 분석과 성찰을 외면하지 않음은 시인으로서의 소중한 덕목이 아닐 수 없다. 너무 지당한 언술도 너무너무 어색해져버린 이 현실! 「비명 소리」 「한국전쟁 때 경기도 포천 이서방」 「계백의 아내」 「그 복수의 칼날은 누구의 심장을 찌를까요」 「정조」 등은 현실을 바로 바라보려는 시인의 균형감각을 잘 엿볼 수 있게 하는 시편들이다. 「비명 소리」는 타인의 불행 앞에서 그 불행을 함께 나누지 못하는 시인의 자괴감이 감춤 없이 고백되고 있다. 이 시가 가진 놀라움은 타인의 불행으로부터 터져나오는 비명 소리가 내일은 우리의 것으로 환원될 수 있다는 강력한 암시에 있다. "나는 무사히 살아남아 서른이 넘은 여자로/신분증과 지갑과 가족과 서류들에 연결되어 있으니 다행이 아니냐고 스스로를 달래"(「비명 소리」)며 비겁하게 도망치는 시인의 풍경은 기실 오늘을 살아가는 우리의 자화상일 뿐이다. 더욱이 지하도 입구에서, 그악한 아낙에게 무자비하게 끌려가는 소녀의 모습에 빗대어 얼굴도 없고 형체도 없는 폭력의 모습을 보게 되는 일은 이미 소박한 기우의 차원이 아니라고 본다. 폭력의 실체는 자본일 수도 있고 속도와 경쟁일 수도 있고 타성화된 우리의 무관심일 수도 있으며 나아가 우리의 존재를 훼손하는 그 모든 것이기도 하다. 양애경은 폭력의 범주로 포괄될 수 있는 주제들을 자기의 언어로 복원하여 우리 앞에 던져놓고 있는데 그 항의는 매섭고 날카롭다. "지구상의 모든 생물 중에서 오직 인간만이/증오로 임신시킬 수 있"(「그 복수의 칼날은 누구

의 심장을 찌를까요」)음을 보여준 세계사의 한 대목은 우리에게
도 이미 추체험되었거나 내면화된 주제라는 점에서 섬뜩하다.
또, 여성을 억압하는 정조관념의 "터무니없는 심각함"과 밤거리
의 "터무니없는 문란함"(「정조」)을 대비시키며 뒤틀린 세태를
풍자하고 있는데 이는 시인의 차분한 사색과 냉정한 관찰에 힘
입어 시적 환기력이 배가되고 있다.

  다른 한편으로 이 범주에는 포함되지 않지만 기억할 만한 작
품군이 있다. 가령, 인간의 정체성 상실 문제(「문명화(文明
化)」, 「밤 열시 건물 안에서 수십 명의 사람들이」)를 다룬 작품이
나 생리를 통해 자신이 여자임을 확인(「여자」)하는 시편은 무딘
독자에게도 무거운 통증을 드리우며 여러 겹의 정서적 반응을
유도한다. 특히 "무엇이든 할 각오가 되어 있는／늙으신 부모를
두는 슬픔"(「폭발」)은 그의 시 곳곳에서 산견되는 것으로 육친
에 대한 곡진한 친애를 드러내는 것이면서 동시에 삶이 갖는 본
래적 고뇌를 효과적으로 가리키고 있다는 점에서도 유념할 만하
다.

> 그 금고는 지금도 아버지 방 윗목에 놓여 있어요
> 아버지가 퇴직한 후도 십년이 지났고
> 내가 봉급을 받기 시작한 후로도 십년이 지나서
> 그 금고를 열어 보았죠
> 거무스름하게 변색된 백동 열쇠로
> 역시 거무스름하게 변색된 녹조훈장 하나
>
> ──「철제 캐비닛」 부분

  노쇠한 육친에 대한 상념은 그것 자체로 애틋하고 안타깝지만
양애경의 시에서 비쳐지고 있는 이 속절없는 현세적 정서는 더

없이 깊고 허전한 울림을 전한다. 어렸을 적 아버지에 대해 품었던 환상과 이제는 힘없는 환상의 주인일 뿐인 아버지를 바라보는 일이 캐비닛 속을 들여다보는 것처럼 어둡고 허전하다. 삶의 피할 수 없는 하나의 실상이 거기 있으므로. 그래서 이 시는 천천히 읽고 잠시 쉬었다 다시 읽어야 한다. 그래야 이 시의 리듬이 잡혀오고 삶의 리듬도 감득된다. "이제 어디에도 맞지 않는 사무실 책상 열쇠"와 "잠겨 있어도 늘 열려 있는 것"과 다름없는 철제 캐비닛의 모습은 인생에 대한 참으로 유려한 통찰을 담고 있다. 이것은 곧 삶에 대한 물음이자 그 실천적 대답이기도 할 터이다. 생물학을 넘어서서 인간의 늙어감에 대해 이만한 거리와 구체성을 확보한 시는 그리 흔치 않다.

결국, 양애경은 어긋나고 빗나간 현실을 언어의 세계 속에서 합일시키려 열망하지만 그가 선 자리는 "제각각 혼자 서 있"(「강가에 차를 세우고」)는 '없는 사랑'의 공간으로 인식된다. 깨뜨려지지 않는 시인의 화두가 여기 있었던가. 그리하여 그의 심뇌(心惱)는 불가피한 본질 즉 너무나 생적(生的)인 바닥에 연루된다. 양애경적 번민이 안으로 스미고 또 그것이 몸을 얻어가지며 터져나온 시가 「열꽃」이다. "진달래꽃 왜 아무 말 못하고 / 날마다 더 발갛게 물들며 앓는지 / 이제 나 아네"(「열꽃」)에 이르면 시인이 앓았던 사랑의 단면이 '꽃처럼' 선명한 빛깔과 형상으로 피어나면서 독자에게도 전염된다. 나는 원고를 덮고 생각한다. 그러니까 그의 열꽃은 몸 / 마음, 꿈 / 현실, 열 / 꽃이 만나 한꺼번에 그리고 무서운 뜨거움으로 서로를 허물어가는 순간, 마음비빔·몸비빔으로부터 터뜨려진 열망의 소산임을 나도 조금 알겠다.

나는 이제까지 꿈과 현실의 분별이라는 측면에서 양애경 시의 관심을 검토했다. 시인이 가진 열정의 상당 부분이 분별된 세계

의 통합을 위한 꿈꾸기에 바쳐짐을 읽을 수 있었고, 이는 세상
을 간결하게 추상해내는 시인의 안목과 그것을 경제적으로 요약
하는 표현의 세련 속에서 형상됨을 알 수 있었다. 또 시인은 풍
속에 값싸게 편승하지 않으면서도 시대의 중심을 알아차리는 좋
은 눈도 미리 가졌다. 그에게서 나는 한 부드러운 고전주의자의
체취를 느낀다. 진지한 사색 자체가 일제히 벌을 서고 있는 듯
한 이 디지털 문화시대에 양애경과 같은 삶의 디렉토리를 갖는
다는 것은 그것만으로도 힘겨운 고뇌다. 양애경이 시인으로서
그 고뇌를 자기 앞으로 당겨놓고 그것을 감당해주길 감히! 바
란다. 바닥이 양애경을 받아주었듯이 이제 그가 자신의 바닥을
받아 안아야 할 때가 도래했음을.

후   기

　아직도 그렇다. 날마다 무언가와 싸우느라고 지쳐 있는 느낌인데 무엇과 싸웠느냐고 묻는다면 대답할 길이 없다는 느낌이 든다.

　어렸을 때부터 나는 배우는 게 늦었다. 아홉살쯤 먹었을 때였을까, 나보다 14개월 늦게 태어난 동생이 나보다 먼저 뜨개질을 배우는 걸 보고 충격을 받았던 기억이 난다. 나이가 위니까 뭐든지 내가 먼저 해야 마땅할 것 같은데 그렇지가 않았다. 다른 사람은 저절로 술술 하게 되는 일 같은 게 내게는 모두 새롭게 배워야 할 난제가 되었다. 결혼 같은 것도 그렇고 일 문제도 그렇다. 내 식으로 받아들일 때까지는 오랜 시간이 걸리는데 세상은 그걸 기다려주지 않는다. 원래 내가 느리니까 할 수 없을지도 모르지만, 내 쪽이 옳은 것 같은데……

　눈앞에서 문이 쾅 닫히는 듯한 느낌을 오래도록 받아왔다. 아직까지도 '여자라서 안된다'는 말을 들어야 한다. 나 자신도 하마터면 믿을 뻔했다. 제일 힘들었을 때, 방에 와 불도 켜지 않고 쓰러졌다. 바닥에 매달릴 수 있다는 것만이 위안이었다. 더 이상 낮아질 수는 없으리라는 안도감, 바닥은 나를 버리지 않으리라는 믿음. 나는 카톨릭 신자는 아니지만, 수녀나 신부가 세상을 버리고 종교의 세계로 들어갈 때의 의식에서 바닥에 얼굴을 대고 엎드리는 모습이 아주 인상적이었다. 성장(盛裝)하고 있지만, 그건 혼례식이자 장례식 같았다.

나는 쉽게 상처받는다. 하지만 인간에게는 육체의 치유력 못지 않게 신비스러운 정신의 치유력도 있는 것 같다. 이제 좀 가벼워지고 싶다.

1997년 5월 대전에서

양   애   경

창비시선 162

바닥이 나를 받아주네

ⓒ 양애경 1997

지은이/양애경
펴낸이/김윤수
펴낸곳/㈜창작과비평사

1997년 5월 20일/초판 인쇄
1997년 5월 25일/초판 발행

등록/1986. 8. 5 제10-145호
주소/서울 마포구 용강동 50-1 우편번호 121-070
전화/영업 (02) 718-0541. 0542
편집 (02) 718-0543, 0544
독자관리 (02) 716-7876, 7877
팩시밀리/영업 (02) 713-2403
편집 (02) 703-3843
조판/동국전산주식회사

ISBN 89-364-2162-X　03810
＊값은 뒤표지에 있습니다.